Saison des Roses
© 2019, Chloé Wary & Éditions FLBLB
Published by arrangement with eddy agency. All rights reserved.

Korean translation copyright © 2021 by Woori School
Korean translation rights arranged with EDDY AGENCY
through EYA(Eric Yang Agency)

이 책의 한국어판 저작권은 EYA(Eric Yang Agency)를 통해 EDDY AGENCY와 독점 계약한 ㈜우리학교가 소유합니다.
저작권법에 의하여 한국 내에서 보호를 받는 저작물이므로 무단 전재 및 복제를 금합니다.

휘슬이 울리면
그라운드를 질주하는 소녀들

클로에 바리 지음
이민경 옮김

우리학교

경기가 기다리고 있어, 주장.

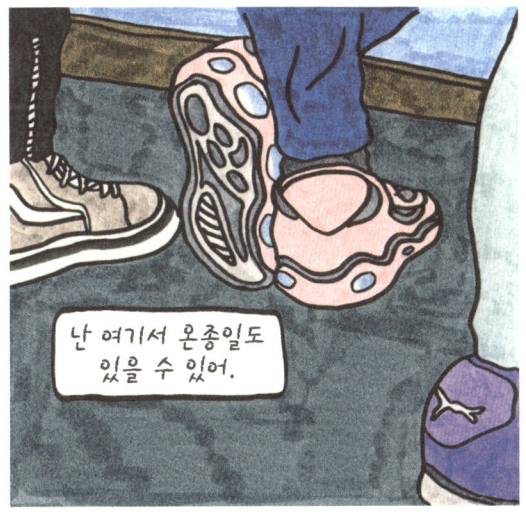

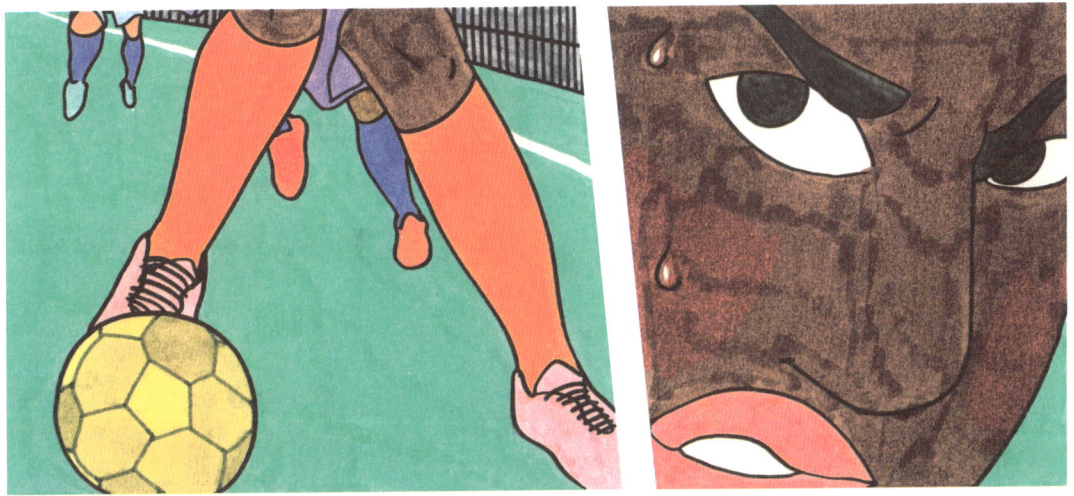

우리 로시니 로즈 팀이 정말 자랑스럽다.

잘했어!

무엇보다 오늘 팀워크가 아주 좋았어. 강하고 단합된 모습을 보여 줬다.

이번 시즌 느낌이 좋아. 스타트를 잘 끊었어.

모두 우리 팀의 목표는 잘 알고 있지?

반드시 결승까지 가는 거야.

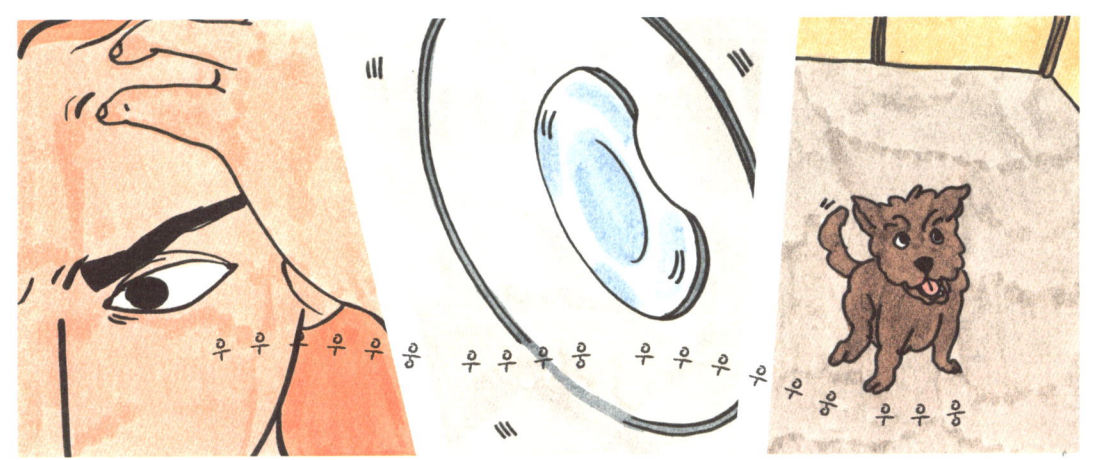

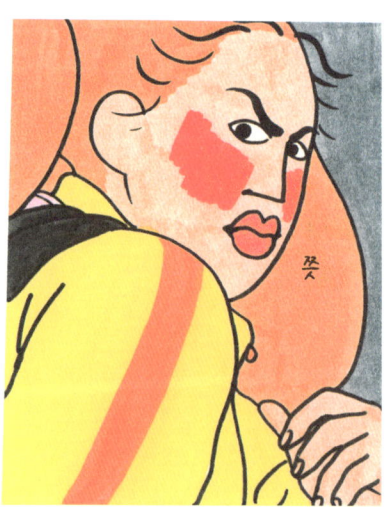

*엔트리: 경기나 경연에 참가하는 사람들의 명부

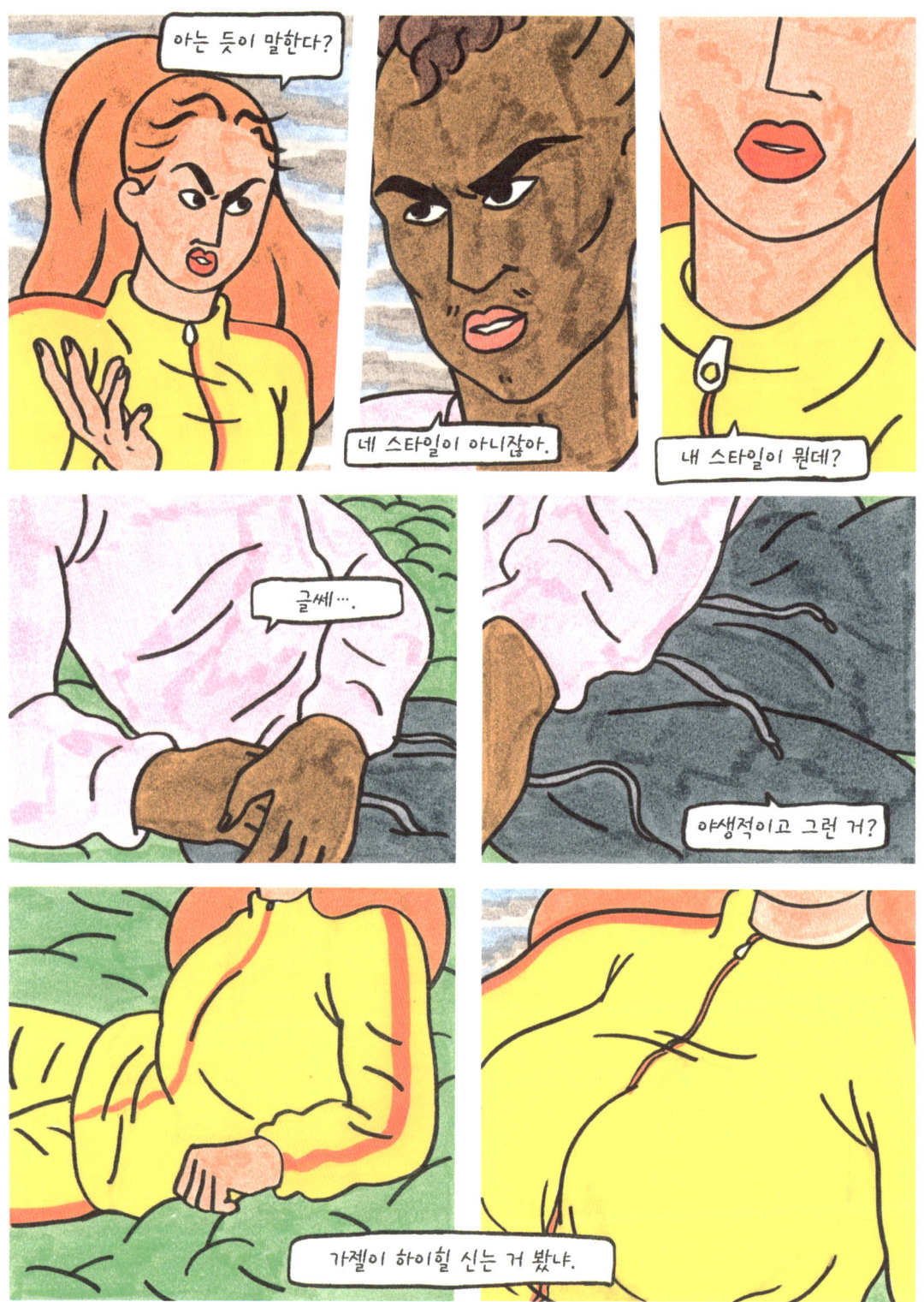

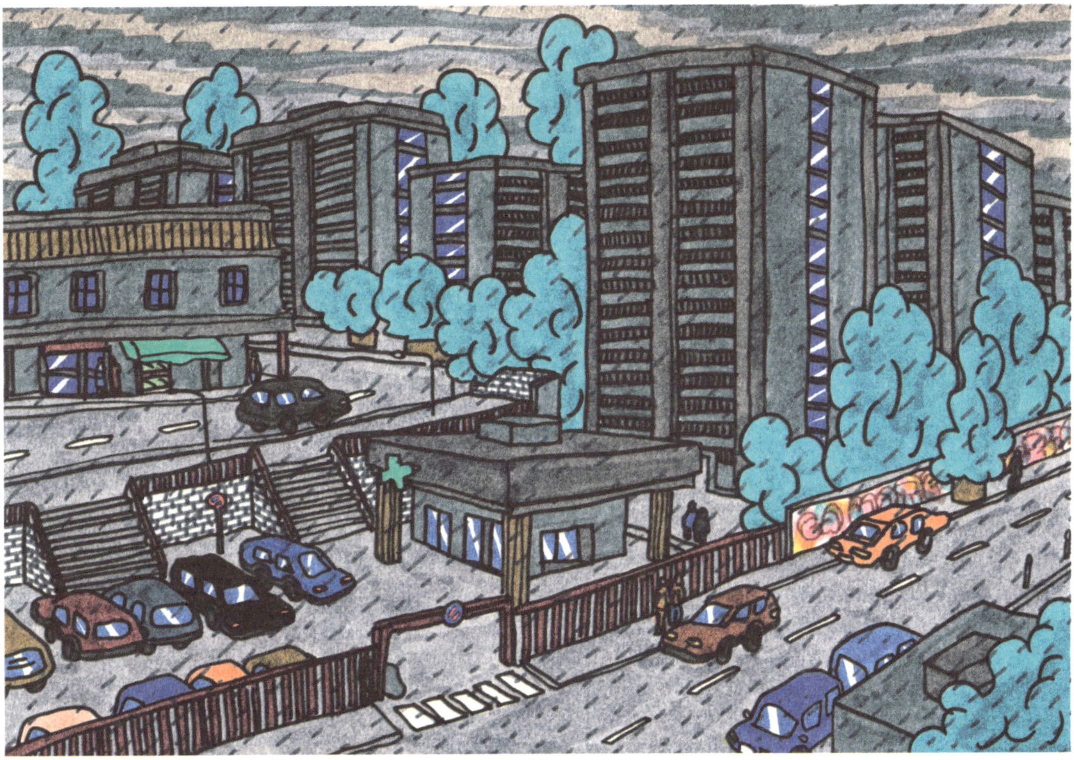

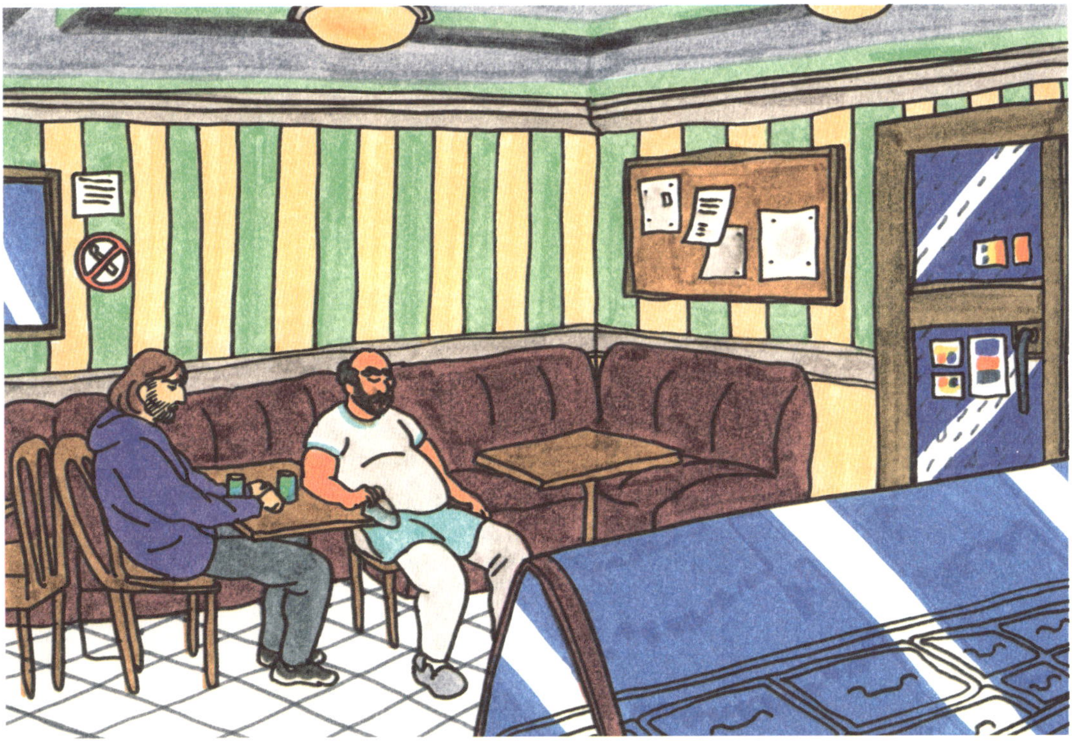

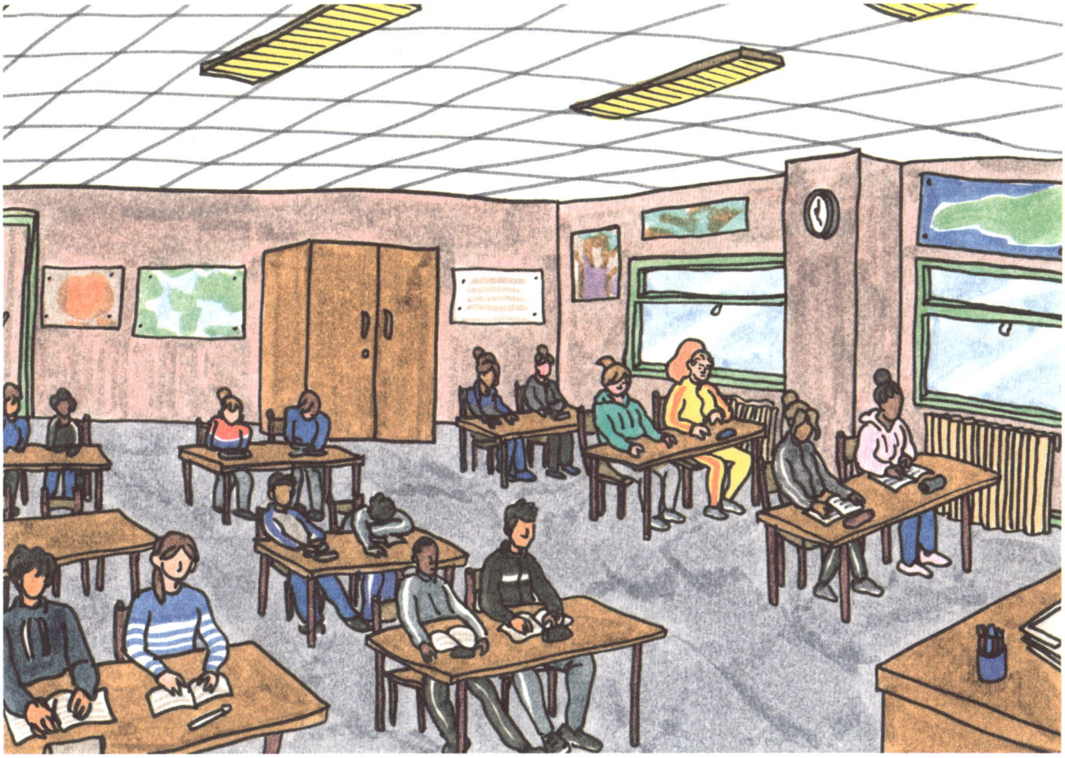

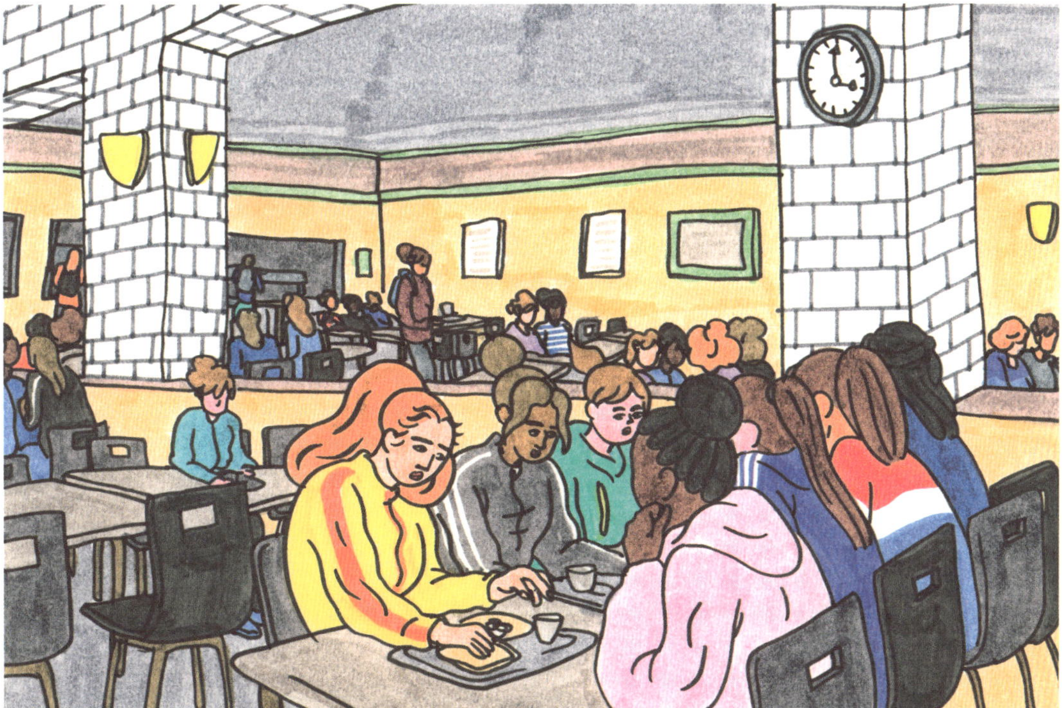

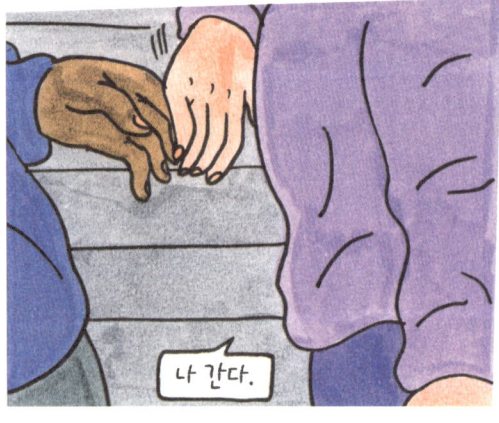

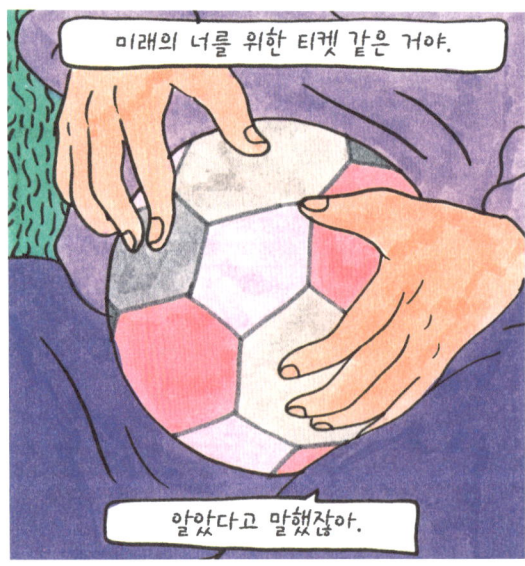

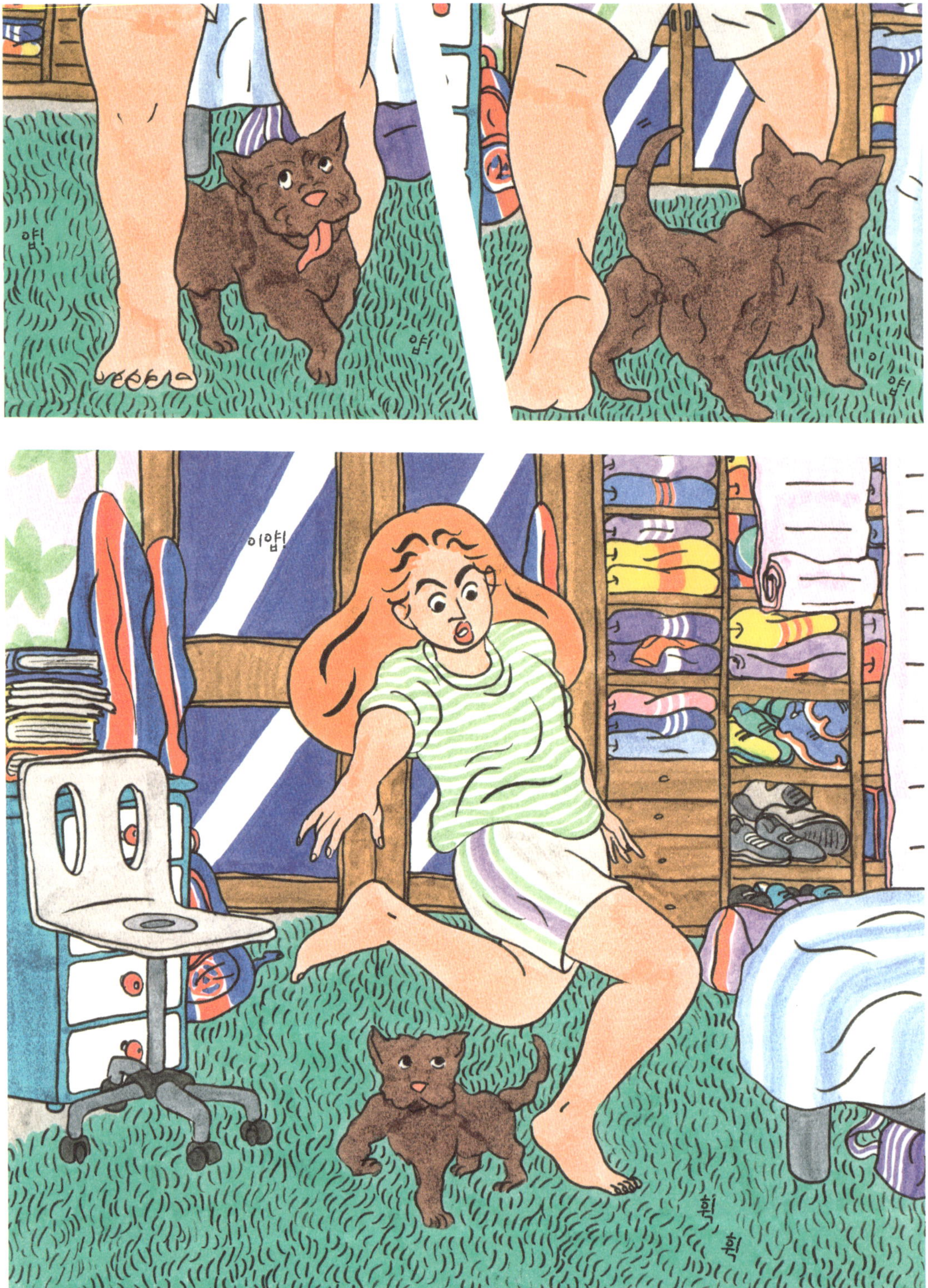

자, 내 계획 좀 들어 봐.

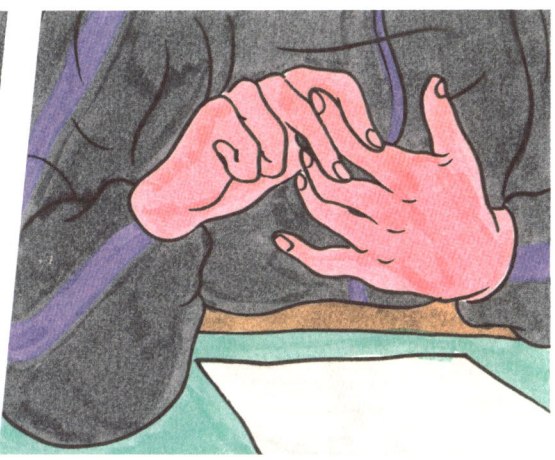

자, 여기에 보름 동안 잘 보이게 붙여 두마.

와, 아저씨 최고! 멋져요.

한 달 동안 붙여 두시면 엄마한테 이 마트에서만 하루에 세 번씩 장보라고 할게요.

너 말 진짜 잘한다!

협상의 기술이지.

다른 데도 더 가 보자.

최후의 결전 FC 로시니

여자 축구 팀 FC 로시니가
팀을 구하기 위해 특별한 경기를 엽니다.
경기 상대는 U19 남자 팀입니다.

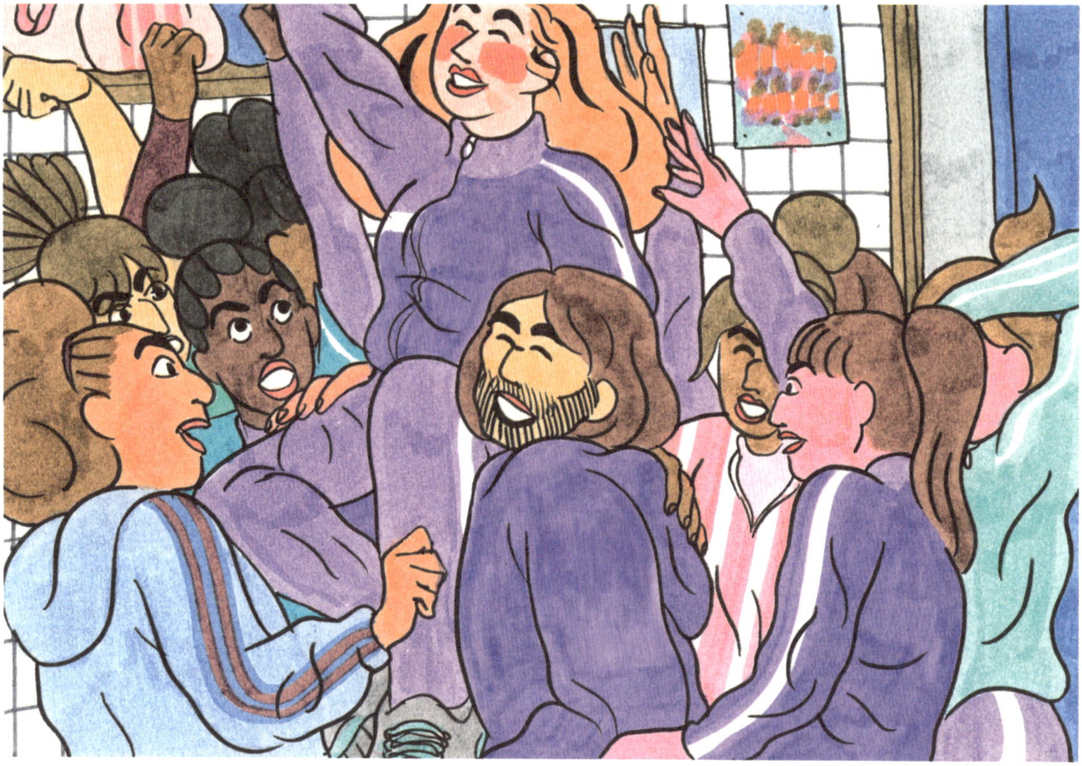

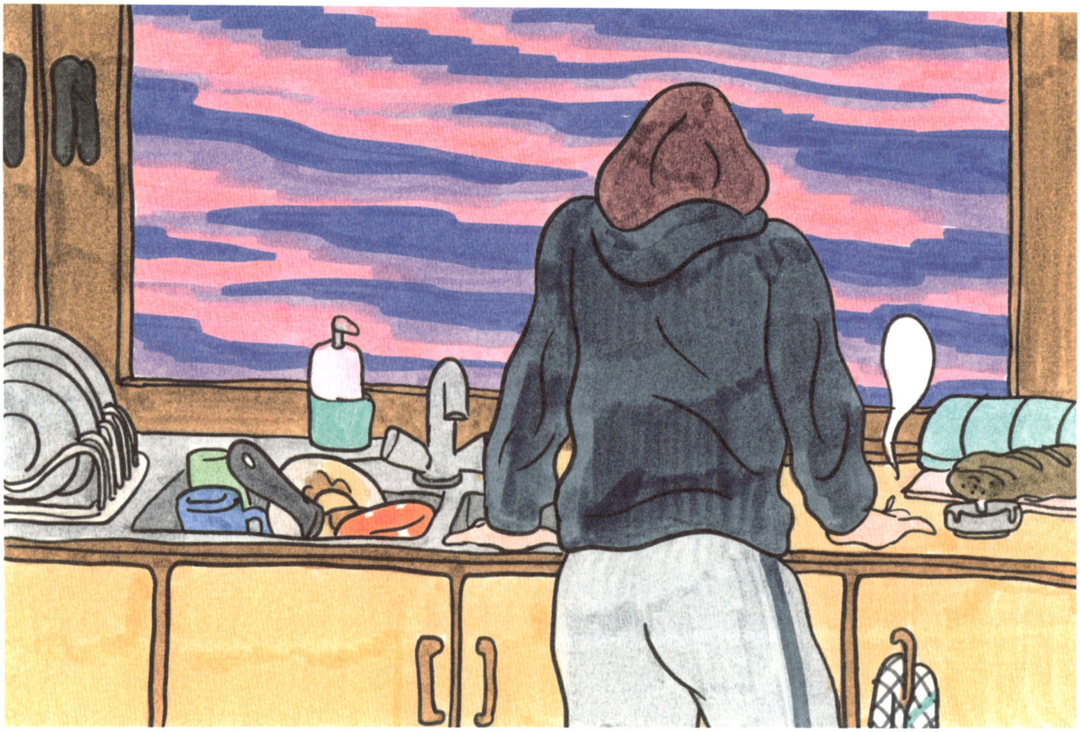

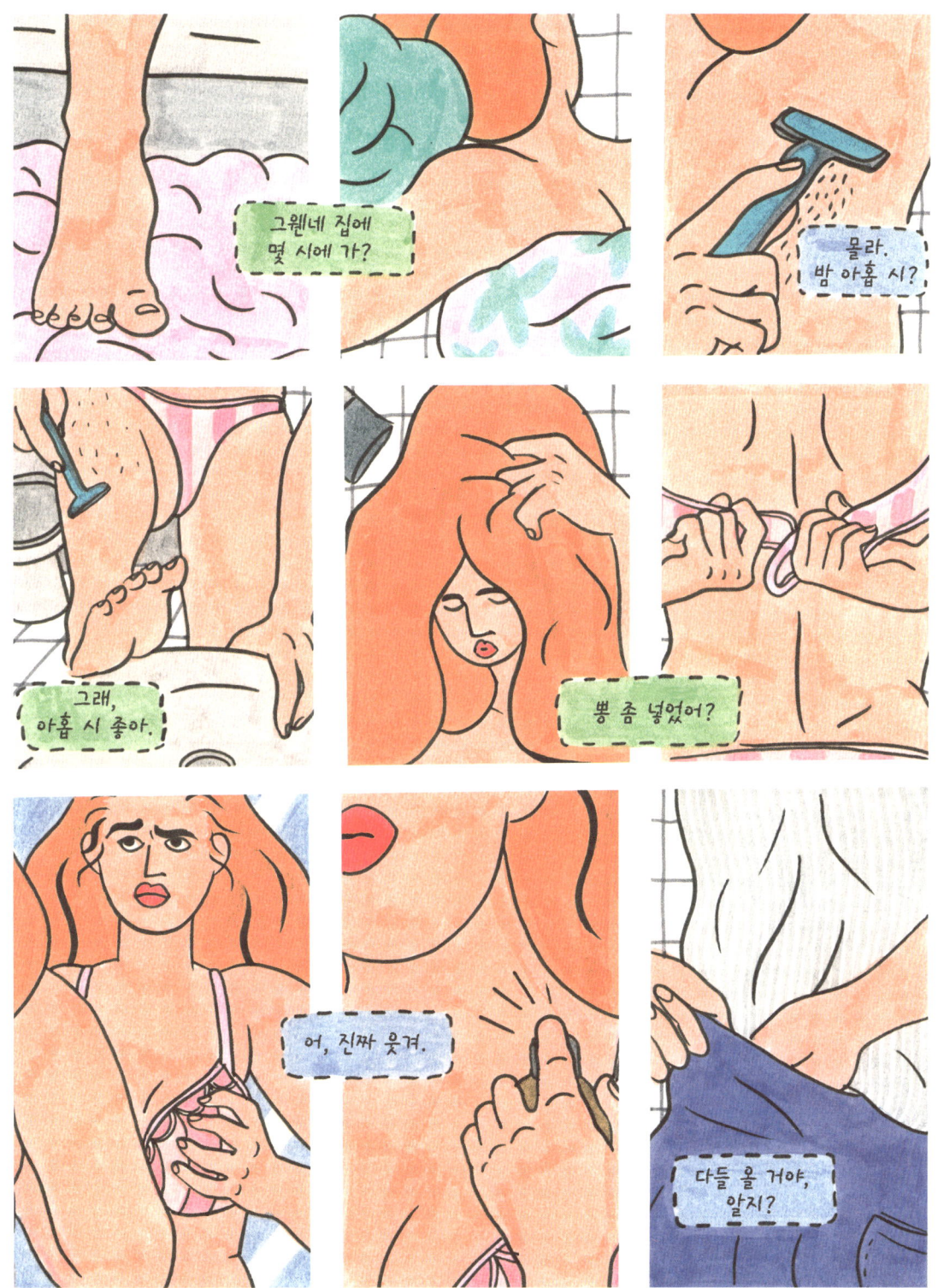

그럼 신나게 놀아 보자!

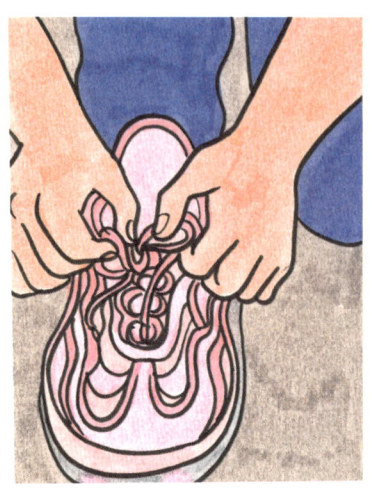

그래, 춤추고 노는 거야!

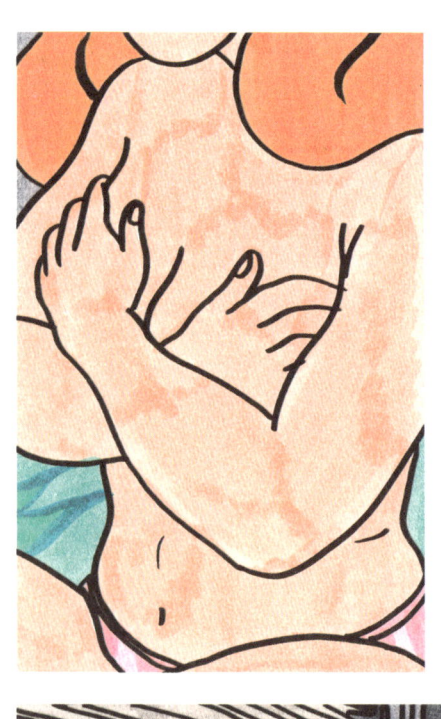

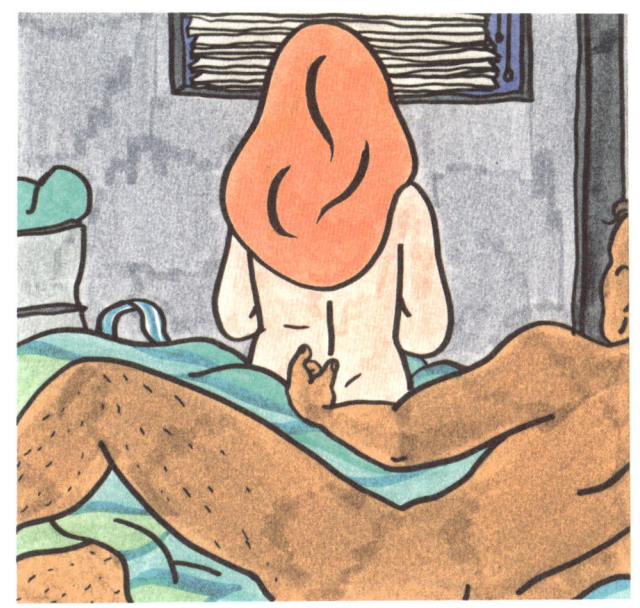
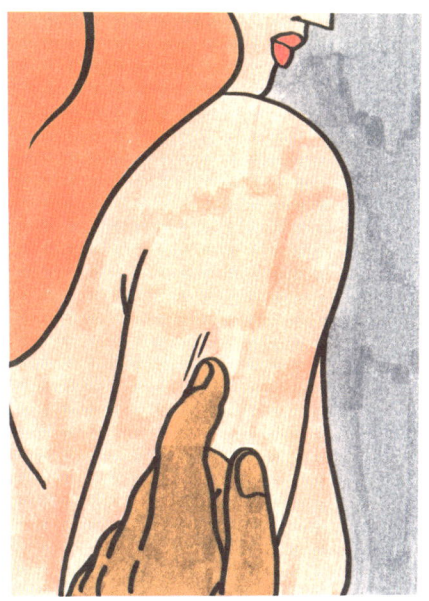

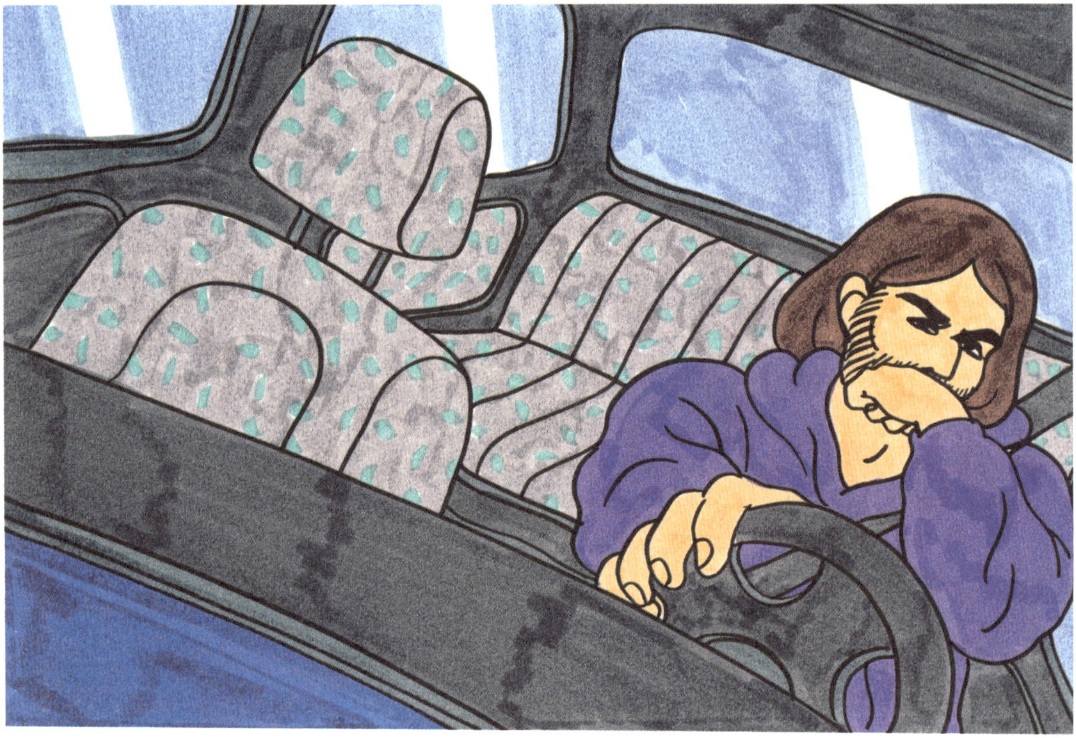

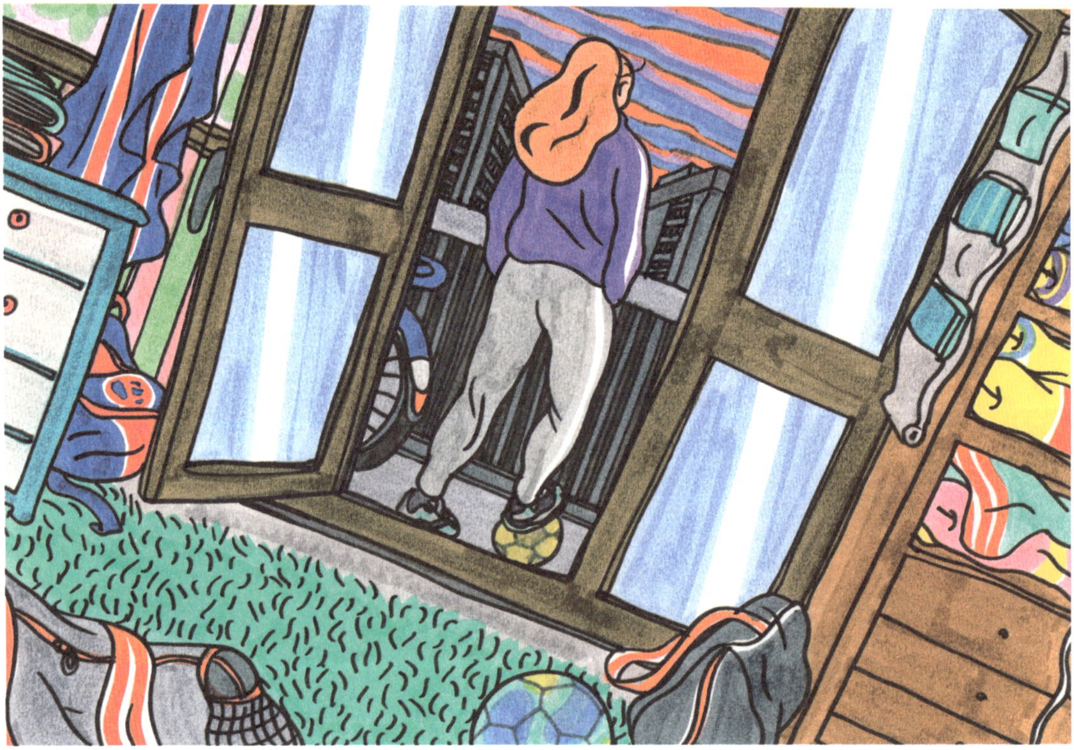

184

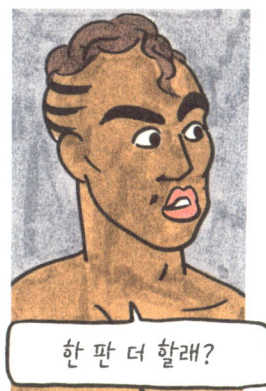

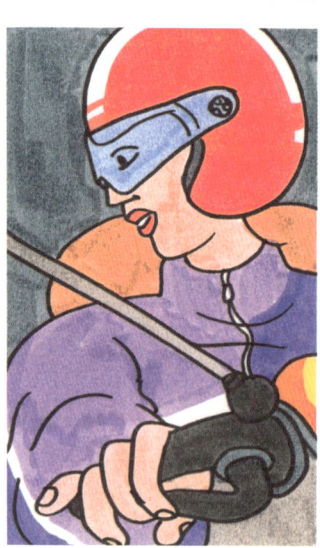

*원곡: 〈MMM〉, Naza

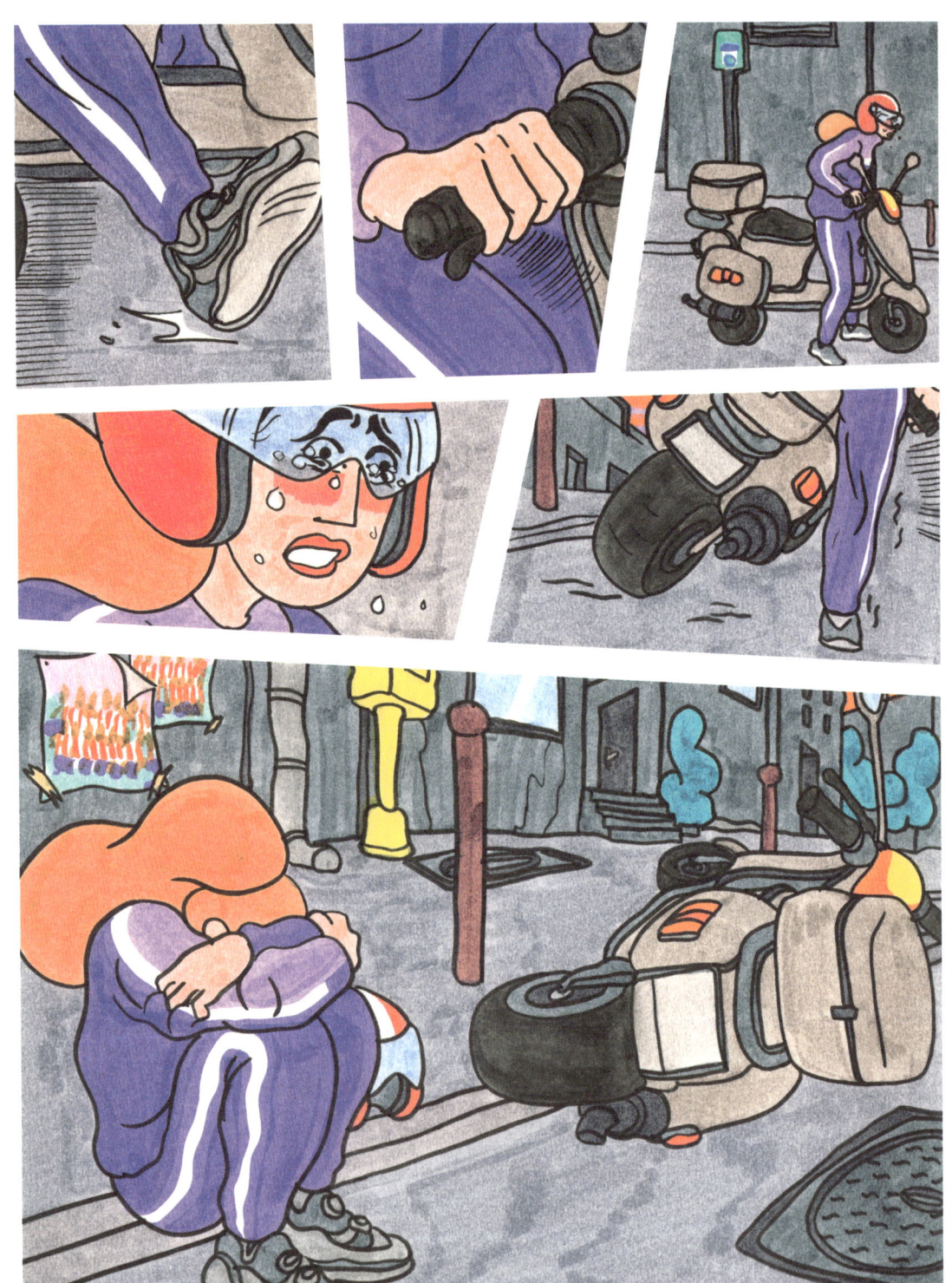

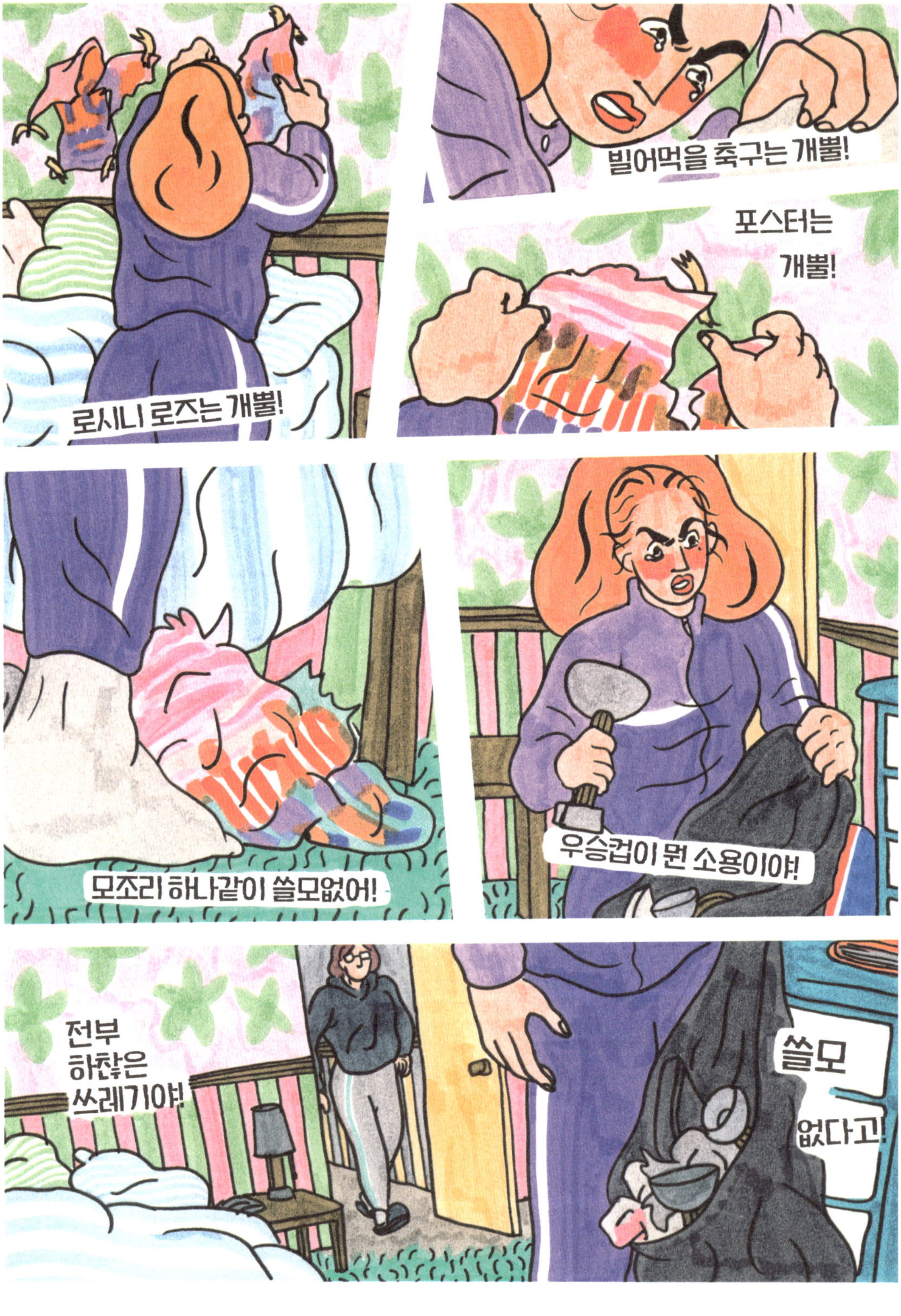

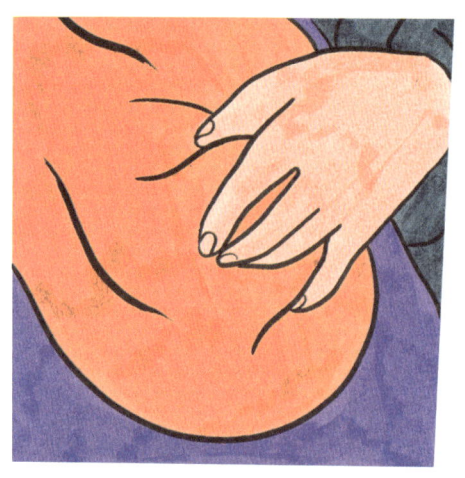

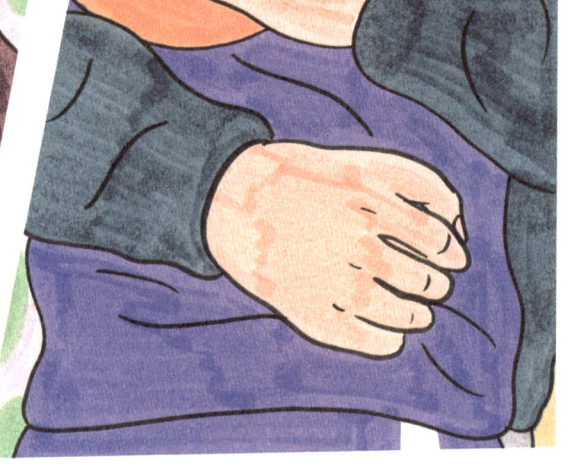

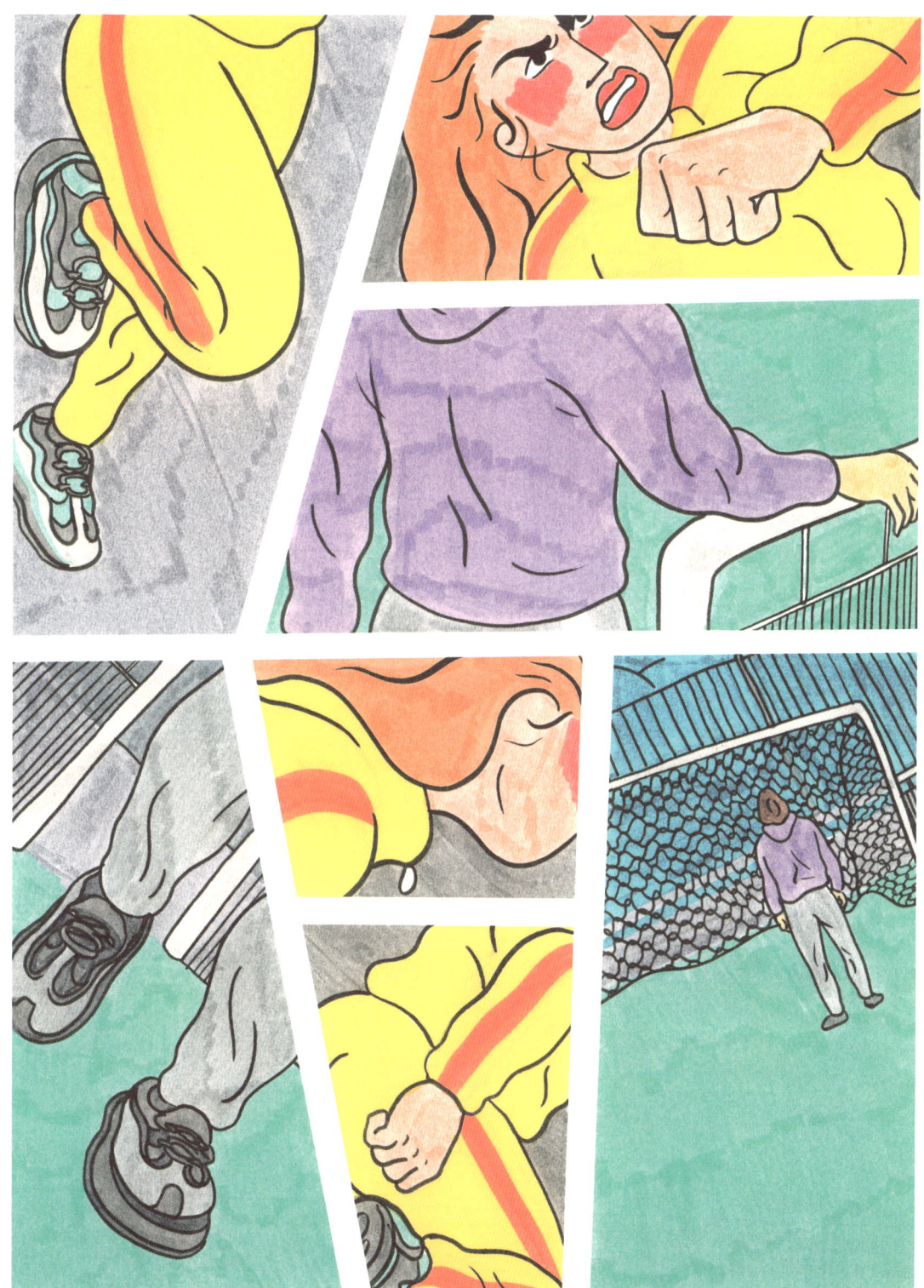

유니폼, 창고에 넣어 둬도 돼.

아니, 안 그럴 건데.

넌 참 네 아빠를 닮았어.

유전자부터 망했다고?

경기가 기다리고 있어, 주장.

로시니 로즈는 4 대 0으로 승리했다.

클럽 회원 모두가 참석한 총회에서
챔피언십 출전권이 걸린 투표가 진행됐다.

여자 팀이 저력을 보여 주었지만,
투표 결과는 남자 팀의 손을 들어 주었다.
로시니 로즈는 챔피언십 기권을 선언해야 했다.

미나 깡디스 이만 파올라
살로메 멜리사 아망딘 아이싸타
이네스 그웬 알리마 바바라

기욤, 진중한 신뢰와 소중한 사랑에 감사를. 뤼씨, 끊임없이 다시 읽어 줘서 고마워. 티파니와 모건, 사랑과 지지에 감사해. 너흰 불꽃 같은 여자들이야. 마틴, 항상 훌륭한 조언과 상냥한 시선을 줘서 고마워.

FC 윅슨, 특히 조언을 준 에스터에게 감사를 표합니다. 라 불, 마제 도서관, 코랄리, 스토리를 완성할 수 있게 해 줘 고마워요. 아틀리에 카와에서 자리를 내주어 고마워요. 티에리, 올리비에, 프랑수아, 다미앙, 시몬 역시 도와줘서 고맙습니다. 르누아르 만화 비학위 과정에서 저를 가르쳐 주신 선생님들과 이 프로젝트를 탄생시킨 인터뷰이들에게, 나를 지지해 준 가족과 친구들에게 건배를! 그리고 가자, 로시니 로즈!

옮긴이의 말

세상은 여성만으로 이루어진 집단에는 제대로 투자하지 않는다. 남성들에게 투자할 때에 비해 성과를 얻기 힘들다는 이유로. 심지어 FC 로시니 로즈의 상황처럼 여성 집단의 능력이 또래 남성 집단보다 훨씬 뛰어날 때조차 마찬가지다. 애초에 자원이 지원되지 않는 집단에 투자하는 일을 그 자체로 위험하게 여기기 때문이다. 그래서 결국 여성 집단은 성과를 보지 못한다.

이러한 결과는 여성 집단에 투자를 꺼리게 되는 또 다른 근거가 된다. 성차별로 인해 잠재력을 빼앗긴 여성들은 도리어 역량이 부족하다고 평가되고, 역량이 부족한 남성 집단에 막대한 자원을 들여 얻어 낸 성과는 합리적 선택으로 포장된다. 이러한 일을 반복적으로 겪는 여성들은 울화통이 터질 수밖에 없다. 포스터를 찢고 욕을 내뱉으며 대드는 FC 로시니 로즈의 주장 바바라처럼.

글을 옮기는 내내 십 대 여성 바바라가 자신을 밀어주지 않는 팀에 항의하고, 제 몫을 요구하고, 막무가내로 날뛰며 화내는 모습이 좋았다. 현실 속의 수많은 여성이 어떤 지원도 받지 못한 채 그저 자신을 적극적으로 방해하지만 않아도 이를 감사히 여기며 잠재력을 실현해 나가야 하기 때문이다. 마른걸레를 쥐어짜듯이 자신을 키우는 여성들에게 물이 콸콸 나오는 수도를 댄다면, 어디까지 갈 수 있는지 보고 싶다. 그렇게만 된다면 바바라는 더 이상 분노와 갈증에 시달리지 않아도 될 것이다.

그러기 위해서는 바바라처럼 제 몫을 요구하고, 자신에게 공을 패스하라고 외칠 수 있는 여성이 여기저기서 등장해야 한다. 함께 포스터를 만들고 스폰서를 구하러 나서는 동료들이 그 곁에 있어야 한다. 더 나아가 능력 있는 여성 집단에 투자하는 일이 별다른 성과를 내지 못하는 남성 집단에 관습적으로 투자하는 일보다 합리적임을 이해하는 이들이 나타나야 한다.

여성이 성장하려면 잠재력을 폭발시키는 데 밑거름되는 자원의 전폭적인 지원이 필요하다. 바바라가 부당한 대우에 분노하고 제 몫을 요구하고 끈질기게 노력하는 과정을 지켜보면서 나는 자원이 턱없이 부족한 상황에서 능력을 갈고닦고서도 이를 더 키울 기회를 빼앗기고 있는 현실 속의 수많은 바바라와 팀원들을 떠올렸다. 축구팀이라는 설정은 집단으로 협력하며 운동하는 여성이 보이는 특유의 능동성으로 부당한 대우에 저항하는 적극적인 여성상을 잘 드러낸다. 부당한 대우는 비단 스포츠계에서만 일어나는 일이 아니다. 특히 일상 속에서 십 대 여성을 나약하고 미숙하고 보호받아야 할 대상으로 바라보며, 이들을 지원하기보다 통제하려는 현실은 여전히 비일비재하다. 이를테면 집안에서 여자아이의 교육비에만 인색하게 구는 일, 혹은 대학 입시까지는 학원비를 지원하더라도 대학 결정에서는 여자아이가 보수적인 결정을 하도록 강요하는 일을 비롯해 촘촘히 짜인 그물망의 모든 국면이 이 이야기와 깊이 맞닿아 있다.

나는 굵직하게 그려지고 역동적으로 움직이는 바바라와 동료들의 몸이 좋았다. 여성들, 특히 많은 십 대 여성이 매일같이 섭취하는 식사량을 비합리적으로 제한하고, 그 이상을 원한다고 보내오는 몸의 신호를 수치스럽다고 여기며 죄책감을 느낀다. 자기 몸에 필요한 식사량을 충분히 섭취하며 살아가는 여성들만이 타인에게 필요한 자원을 요구할 수 있다. 바바라와 그의 동료들처럼 말이다.

결국 FC 로시니 로즈는 고배를 마신다. 이는 현실의 제약에 걸려 명예만을 거머쥐고 사라지는 많은 여성의 결말을 떠오르게 한다. 비록 자원을 얻어 내지 못했으나 의미를 충만히 얻는 결말도 나름대로 나쁘지 않다고는 해석하고 싶지 않다. 대신 이들이 프로 선수로 성장해서 더 많은 동료와 후배를 만나 함께 나아갈 수 있는 결말로 이르게 하기 위해서는 어떤 변화가 필요한지 독자들과 두고두고 이야기하고 싶다.

좋은 작품을 소개하고 작업에 함께하게 해 주신 우리학교 출판사와 정아름 편집자님에게 깊은 감사를 전한다. 부디 이 이야기가 널리 퍼져 여성들의 성장을 위한 모색이 좀 더 풍부하게 이루어지는 계기가 되기를 바란다.

이민경

그라운드를 질주하는 소녀들
휘슬이 울리면

초판 1쇄 펴낸날 2021년 4월 26일
초판 2쇄 펴낸날 2021년 10월 27일

지은이 클로에 바리 | **옮긴이** 이민경
펴낸이 홍지연 | **총괄본부장** 김영숙 | **편집장** 고영완 | **책임편집** 정아름 | **편집** 소이언 김선현
디자인 남희정 박태연 | **마케팅** 강점원 최은 | **관리** 정상회 | **인쇄** 에스제이 피앤비

펴낸곳 ㈜우리학교
등록 제313-2009-26호(2009년 1월 5일) | **주소** 03992 서울시 마포구 동교로23길 32 2층
전화 02-6012-6094 | **팩스** 02-6012-6092
홈페이지 www.woorischool.co.kr | **이메일** woorischool@naver.com

ISBN 979-11-90337-94-6 47860

• 책값은 뒤표지에 적혀 있습니다.
• 잘못된 책은 구입한 곳에서 바꾸어 드립니다.